Uwe Timm
Die Zugmaus

Uwe Timm, 1940 in Hamburg geboren, machte zunächst eine Kürschnerlehre und studierte dann Philosophie und Germanistik in München und Paris. Nach längeren Aufenthalten in Rom, Lateinamerika und Afrika lebt er seit 1971 als freier Schriftsteller in München und wohnt tatsächlich an der Ecke zur Paradiesstraße. Uwe Timm hat sich nicht nur als Romanautor einen wichtigen Namen gemacht, sondern ebenso als Autor von Kinderbüchern, darunter ›Rennschwein Rudi Rüssel‹, für das er 1990 den Deutschen Jugendliteraturpreis erhielt.
Weitere Titel von Uwe Timm bei dtv junior: siehe Seite 4.

Axel Scheffler kam 1957 in Hamburg zur Welt. Seit seinem Studium an der Bath Academy of Art lebt er in London. Seine mit unverwechselbarem humorvollem Strich gezeichneten Bücher werden in der ganzen Welt geliebt – mit dem ›Grüffelo‹ hat er eine Figur geschaffen, die als moderner Kinderklassiker gilt.

Uwe Timm

Die Zugmaus

Mit Illustrationen
von Axel Scheffler

dtv

Von Uwe Timm bei dtv außerdem erschienen:
Rennschwein Rudi Rüssel
Die Piratenamsel
Der Schatz auf Pagensand

Für den Mausebiber.

Ungekürzte Ausgabe
5. Auflage 2025
2018 dtv Verlagsgesellschaft mbH & Co. KG
Tumblingerstraße 21, 80337 München
produktsicherheit@dtv.de
© für den Text: 2002 Uwe Timm, München
© für die Illustrationen:
2002/2018 dtv Verlagsgesellschaft mbH & Co. KG, München
Umschlagbild und Innenillustrationen,
neu koloriert: Axel Scheffler
Gesetzt aus der Sabon 14/18˙
Satz: Kösel Media, Krugzell
Druck und Bindung: Pustet, Regensburg
Printed in Germany · ISBN 978-3-423-76202-1

1

Wo warst du denn die ganze Zeit?«

»Bist du wirklich nach Paris gekommen?«

»Und wo hast du dich im Zug versteckt?«

So werde ich immer wieder gefragt und muss jedes Mal meine Abenteuer erzählen.

Inzwischen erreichen mich sogar Briefe und ich werde darin gefragt, wie man am leichtesten nach Paris kommt.

Um nicht alles jedes Mal wieder neu erzählen zu müssen, habe ich mich entschlossen, meine Geschichte aufzuschreiben.

Ich bin eine gewöhnliche Hausmaus und heiße Stefan. Aber alle nennen mich Mausebiber. Wie ich zu diesem seltsamen Namen gekommen bin? Als Kind hatte ich die Angewohnheit, Baumstämme anzunagen, und zwar so, wie es sonst nur die Biber tun. Meine Eltern standen vor einem Rätsel. Und manchmal glaubte mein Vater schon, dass ich gar keine richtige Maus sei. Aber dann, als ich älter wurde, hörte ich mit der Nagerei plötzlich auf. Ich hatte wohl eingesehen, dass ich mit meinen kleinen Mausezähnen keine Bäume fällen konnte.

Geboren wurde ich in München, und zwar in der Paradiesstraße. Wer jetzt glaubt, dieser Straßenname sei eine Erfindung von mir, der soll sich einen Münchner Stadtplan besorgen und darin die Straße suchen. Die Straße gibt es wirklich. Nur mein Geburtshaus steht leider nicht mehr.

Es war ein wunderschönes altes Haus, das inmitten neuer, sehr hoher Häuser stand. Hinter unserem Haus lag ein kleiner Hof und darin standen zwei Holunderbüsche.

Im Keller des Hauses lebten wir, die Mausefamilie: meine Mutter, mein Vater, mein Großvater und meine Geschwister. Meine Brüder: Großzahn, Kurzschwanz und Weißpfote, und meine kleine Schwester: Lilofee.

Über uns wohnte ein alter Mann, der hieß Ehlers und hatte einen Kater, der wurde Carlo genannt. Manchmal gab es auf dem Hof ein fürchterliches Gekeife und Gebell. Dann war Isegrimm heruntergekommen und jagte Carlo.

Isegrimm war ein Pudel und wohnte unter dem Dach bei dem Maler Kringel. Herr Kringel malte Bilder und aß gern Käse und Weißbrot. Aus diesem Grund war er auch bei uns Mäusen sehr beliebt. Isegrimm war früher beim Zirkus gewesen und war viel herumgekommen in der Welt. Er konnte auf zwei Beinen laufen und manchmal, wenn wir Mausekinder ihn darum baten, machte er uns einen Salto vor. Er war sehr freundlich zu uns Mäusen und verstand sich auch sonst mit allen möglichen Tieren gut – nur mit Katzen nicht. Katzen hasste er. Und das nicht allein darum, weil er ein Hund war. Es gab da noch einen anderen Grund.

Isegrimm war nämlich in dem Zirkus zwei Jahre lang zusammen mit einer Katze aufgetreten. Die Katze lag mit einem Babyhäubchen in einem Kinderwagen, und Isegrimm, der ein kurzes weißes Kleidchen trug, musste die Katze durch die Manege

schieben. Die Katze zischelte ihm dann immer eine Hässlichkeit zu. Er durfte ihr aber nicht an den Pelz, sondern musste sie vor den vielen Zuschauern im Kreis herumschieben.

Dann, eines Abends, konnte er nicht mehr an sich halten. Sie hatte ihm zugeflüstert: »Ach du liebe Güte, Isegrimm, siehst du komisch aus, in diesem kurzen Kleidchen, mit deinen krummen Beinen.«

Da hatte er den Kinderwagen losgelassen und war auf sie zugestürzt. Die Katze sprang aus dem Wagen und rannte in die Zuschauerreihen. Isegrimm jagte sie durch das Zirkuszelt. Die Menschen sprangen auf, lachten und schrien.

Von dem Abend an durfte Isegrimm nicht mehr auftreten, und der Zirkusdirektor verkaufte ihn an den Maler Kringel.

So kam es, dass der Kater Carlo für die Heimtücke der Zirkuskatze büßen musste. Der eben noch freundliche und ruhige Isegrimm bekam ein gefährliches Funkeln in den Augen, wenn er Carlo entdeckte: »Katze ist Katze, die sind alle gleich«, sagte er dann wütend.

Wir gaben ihm recht.

Dabei war Carlo schon uralt und, wenn man ehrlich war, recht freundlich. Mein Großvater sagte manchmal: »Lasst mal den alten Carlo, der hat sich inzwischen die Krallen abgewetzt.«

Großvater und Carlo waren gemeinsam in dem Haus in der Paradiesstraße groß geworden.

Der Großvater erzählte uns: »Früher, in jungen Jahren, da war der Carlo ein ganz gefährlicher Mäusejäger. Oft saß er stundenlang mucksmäuschenstill vor einem Mauseloch. Und dann, wenn man dachte, jetzt kann er nicht mehr da sein, und man hinauskroch, schlug er blitzschnell mit seinen Krallen zu. So habe ich alle meine Geschwister verloren«, sagte Großvater und schwieg einen Augenblick. Dann fuhr er fort:

»Einmal hatte Carlo auch mich beinahe erwischt. Ich konnte gerade noch in ein Mauseloch stürzen, aber nicht mehr rechtzeitig den Schwanz hineinziehen, tja, und da hat er ihn mir abgebissen.«

Großvater hielt, wenn er uns von der Gefährlichkeit der Katzen erzählte, jedes Mal warnend seinen Stummelschwanz hoch: »Katzen sind gefährlich.«

Aber inzwischen war Carlo, wie schon gesagt,

alt geworden. Und der alte Ehlers kaufte für ihn beim Schlachter reichlich Fleisch. So saß der Kater meist satt und schläfrig auf dem Fensterbrett und ließ sich von der Sonne seine alten Pfoten wärmen.

Manchmal, aber nur noch selten, packte ihn die Jagdleidenschaft. Dann rannte er plötzlich hinter einer von uns Mäusen her, aber nur langsam und wie im Traum. Dennoch durften wir Mausekinder nur dann auf den Hof, wenn Großvater oder Isegrimm unten war.

Großvater saß dann auch in der Sonne, neben Carlo, aber nicht zu nahe, und die beiden Alten unterhielten sich und redeten davon, wie es früher war.

2

Die Tage vergingen, einer wie der andere. Vater und Mutter raspelten beim Maler Kringel in der Speisekammer Käse. Großvater döste neben Carlo in der Sonne. Und wir hockten herum und langweilten uns manchmal. Dann gingen wir zu Isegrimm und ließen uns von der weiten Welt erzählen. Von Paris, wo es so viele unterschiedliche Käsesorten gibt. Oder aber von der Schweiz, dem Paradies der Mäuse.

Isegrimm sagte: »Ihr kennt doch den Käse mit den großen Löchern. Das ist der Schweizer Käse. Und wisst ihr, wie die Löcher in den Käse kommen?«

Isegrimm machte dann jedes Mal wieder eine kleine Pause. Und wir sagten, obwohl wir die Geschichte schon oft gehört hatten, jedes Mal wieder: »Nein.«

»Die Löcher werden von Schweizer Mäusen kunstvoll herausgenagt«, sagte Isegrimm dann feierlich. »So kunstvoll, dass man nicht die kleinste Spur von einem Mausezahn erkennen kann.«

Uns Mausekindern lief das Wasser im Mund zusammen.

»Die Mäuse«, fuhr Isegrimm fort, »sind in der Schweiz hoch angesehene Facharbeiter und werden dort Käsenager genannt, aber erst dann, wenn sie ein Diplom gemacht haben.«

›Wie herrlich muss das Mauseleben in der Schweiz sein‹, dachten wir, und wie eintönig war das Leben hier, auf dem Hof, mit diesem lahmen alten Kater. Wir lümmelten dann herum und überlegten, wem wir einen Streich spielen könnten.

»Komm«, sagte ich zu meinem Bruder Weißpfote, »wir spielen heute Stierkampf mit dem Kater Carlo.«

»Lieber nicht«, sagte Weißpfote, »manchmal ist der Alte doch noch ganz schön schnell.«

Carlo lag in der Sonne und döste. Leise schlich ich mich an ihn heran. Dann rannte ich los und zog ihn an einem seiner Barthaare. »Olé!«, rief ich.

Der Kater sprang auf, fauchte und machte einen gewaltigen Buckel. Er dachte wohl, Isegrimm habe ihn geneckt. Da entdeckte er mich und fauchte mich an. »Warst du das, du Knirps?«

»Ja, Alterchen«, sagte ich.

»Jetzt machen sich hier schon die Kinder mausig«, fauchte er und stürzte auf mich zu.

Was hatte der plötzlich für riesige Zähne!

Ich lief in einem wilden Zickzack davon. Der Kater hinterher.

Ich kletterte über einen Kasten. Der Kater sprang mit einem Satz darüber. Dass der noch so weit springen konnte. Ich rannte über den Hof auf den Schuppen zu. Schon hörte ich das Keuchen des Katers ganz dicht an meinem linken Ohr, da flutschte ich durch einen kleinen Spalt in den Schuppen. Dann bebten die Bretter, so stark war Carlo mit dem Kopf dagegen gerannt.

»Olé!«, rief ich.

Kurz darauf kam aber Carlos krallige Pfote durch den Spalt. Ich war ein bisschen entsetzt, wie lang er seine Vorderpfote ausstrecken konnte. Ich musste vor der hin- und herfetzenden Pfote wegspringen. Als er mich so nicht packen konnte, setzte er sich vor den Spalt. Nach einiger Zeit verschwand er.

Mein Bruder rief etwas, aber ich konnte ihn nicht verstehen. Ich dachte mir: ›Einen Augenblick wartest du noch und dann schleichst du dich raus.‹ Ich pfiff ein Lied, um mir ein wenig die Angst zu vertreiben. Schließlich wagte ich mich zum Spalt und spähte hinaus. Da entdeckte ich den Schatten des Katers auf dem Boden. Er war auf einen herüberhängenden Ast des Holunderbusches gestiegen und lauerte dort oben.

Endlich kam der Großvater und ich hörte ihn sagen: »Carlo, sei vernünftig und komm von dem Ast herunter. Wenn du von dort oben runterspringst, brichst du dir womöglich noch eine Pfote. In unserem Alter kann man solche Sprünge nicht mehr machen.«

»Das werden wir ja sehen«, antwortete Carlo böse.

»Lass dich doch von einem Kind nicht ärgern. Das sind doch nur Dummejungenstreiche«, sagte Großvater.

»Hier geht's ums Prinzip«, fauchte Carlo. »Ich lasse mich von keiner Maus lächerlich machen, schon gar nicht von so einem Grünschnabel wie dem Mausebiber.«

Und Carlo blieb auf dem Ast sitzen.

So kam es, dass ich noch in dem Schuppen hockte, als es draußen Abend und kalt geworden war. Ich dachte, wie schön es wäre, jetzt mit den Geschwistern im Keller zu sitzen und von dem Käse zu essen, den Vater und Mutter vom Maler Kringel mitgebracht hatten.

Da kam der alte Ehlers und rief: »Carlo!«

Er entdeckte ihn auf dem Holunderbusch und

rief: »Dummer alter Kerl, was machst du denn da oben. Bist raufgestiegen und kommst jetzt nicht mehr runter, was.«

Der alte Ehlers hob den Kater von dem Ast. Ich sah den Kater steifbeinig in die Küche gehen, wo sein Napf mit dem Fressen stand.

Kaum war Carlo im Haus verschwunden, hörte ich Vaters Stimme vor dem Spalt: »Komm raus«, rief er. Vater brachte mich in den Keller. »Was sind das für Dummheiten. Lass den alten Carlo in Ruhe, damit er uns in Ruhe lässt und wir alle in Frieden leben können.«

Zur Strafe musste ich gleich nach dem Essen ins Bett. Ich lag in meinem warmen Nest und war froh, dass ich aus dem zugigen Schuppen heil herausgekommen war.

Der Großvater kam noch auf einen Sprung zu mir und erzählte, wie es früher war. Damals gab es kaum Eisschränke. Da hatte man noch Speisekammern, und in den Speisekammern lag, in feuchte Tücher eingewickelt, der Käse. Das waren schöne Zeiten!

Irgendwann bin ich dann eingeschlafen.

3

Von solchen kleinen Abenteuern abgesehen, lebten wir alle ruhig in den Tag hinein. Und so vergingen Woche um Woche und Monat um Monat. Bis eines Tages im Haus eine große Aufregung war.

Der Maler Kringel stand nicht mehr vor seiner Staffelei, sondern malte große Plakate. Darauf stand: DIESES HAUS MUSS STEHEN BLEIBEN und DIESES HAUS WIRD BESCHÜTZT, WEIL ABRISS UNS NICHTS NÜTZT.

Die Plakate hängte Maler Kringel aus den Fenstern. Abends traf er sich mit dem alten Ehlers. Beide waren ganz rot im Gesicht, vom Wein und von der Aufregung.

»Man muss sich wehren!«, sagte der alte Ehlers immer wieder.

»Die können doch mit uns nicht machen, was sie wollen«, sagte Maler Kringel.

Doch dann, nach drei Wochen, zog der Maler Kringel aus. Isegrimm erzählte, als er von uns Abschied nahm, dass der Maler ein altes Haus auf dem Land gekauft habe. Dort wolle er in Ruhe malen. Das war ein harter Schlag für uns, denn mit dem Maler Kringel, diesem Liebhaber von Rotwein und französischem Käse, verloren wir unseren Ernährer.

Und dann, eines Tages, begann auch der alte Ehlers seine Sachen zu packen.

Der Kater Carlo kam und verabschiedete sich vom Großvater.

Er sagte: »Wir ziehen in einen Neubau, so nennen sie das. Und zwar in den neunten Stock.«

»Oh, wie schön«, rief ich, »da kannst du ja ganz weit in die Welt gucken.«

Aber Carlo brummte traurig: »Von dort oben kann ich nicht mehr auf einen Sprung in den Hof gehen. Und ich kann auch nicht mehr auf der Fensterbank liegen.«

Nachmittags kam der Möbelwagen. Die Schränke, Stühle und Betten wurden hinausgetragen. Und als die Wohnung leer war, stieg der alte Ehlers in den Möbelwagen und dann, ganz zum Schluss, der Kater Carlo. Der alte Ehlers nahm ihn zu sich auf den Schoß. Wir winkten dem Wagen nach, bis er um eine Straßenecke verschwand. Großvater hatte plötzlich feuchte Augen.

Es war das erste Mal, dass wir allein in dem Haus schliefen.

Morgens wachten wir auf von einem fürchterlichen Krach. Die Wände wackelten. Der Putz fiel von der Decke. In den Wänden zeigten sich Risse. Entsetzt stürzten wir aus dem Haus. Draußen stand ein Bagger, der schlug mit einer großen Eisenkugel die Hauswände ein. Der Schutt wurde auf Lastwagen geladen und gleich weggefahren.

Der Vater lief, obwohl die Mutter ihn anflehte, es nicht zu tun, nochmals in den Keller und rettete von unseren schönen Nestern, was zu retten war.

Wir zogen in den Bretterschuppen, der jetzt leer auf dem staubigen Hof stand, und mussten zusehen, wie in ein paar Tagen unser schönes altes Haus abgerissen wurde.

In dem Schuppen war es nass und kalt, denn der Novemberwind pfiff ungehindert durch die Bretter.

»Wir müssen hier aushalten«, sagte der Vater, »und warten. Bestimmt wird bald ein neues Haus gebaut.«

Das war in der Paradiesstraße schon drei Mal passiert. Man hatte alte Häuser abgerissen und danach neue gebaut, riesige Betonhäuser mit vielen kleinen Fenstern.

Den Winter über ernährten wir uns recht und schlecht von den Brotkrumen, die den Bauarbeitern herunterfielen. Wir froren alle bitterlich und unser Fell wurde zottig und stumpf, sogar unsere Rippen konnten wir zählen.

4

Im Frühjahr endlich war das neue Haus fertig.

Möbelwagen fuhren vor, und mit ihnen kamen auch die neuen Mieter. Als die Möbelpacker gerade einen schweren Schrank durch die Tür schleppten, huschten wir in das Haus.

Unsere Enttäuschung war grenzenlos, als wir das Haus von innen sahen: Alles war aus Beton – Decke, Boden, Wände. Nirgendwo ein Loch, nicht einmal eine Ritze, in der man sich hätte verstecken können. Alles glatt und kalt.

Auch konnten wir nicht mehr aus der Haustür hinaus, denn es gab einen elektrischen Türöffner, und der lag für uns unerreichbar hoch. So verkrochen wir uns erst einmal recht und schlecht unter ein paar abgestellten Kartons, die die Möbelpacker im Keller vergessen hatten.

Nach und nach zogen in alle Wohnungen Mieter ein.

Auch Vater und Mutter hatten keinen Überblick, wie viele Familien in diesem neuen Haus wohnten. Und das Sonderbare war, dass wir so gut wie keine Abfälle fanden.

»Wo Menschen leben, da gibt es auch Abfälle«, sagte Großvater, »das ist das große Mause-Einmaleins.«

Tatsächlich gab es auch Abfälle. Aber sie wurden von den Leuten in einen Müllschlucker gekippt und verschwanden unten im Keller in einem Container. Der Raum, in dem der Container stand, war aber für uns nicht zugänglich.

Bald litten wir in dem neuen Haus größeren Hunger als zuvor in dem zugigen Holzschuppen. Damals hatten wir wenigstens noch die Brotkrumen der Bauarbeiter.

Eines Abends fasste Mutter einen Entschluss. Ganz vorsichtig schlich sie sich die Kellertreppe hinauf und lief einen langen Gang entlang. Plötzlich aber ging eine der Wohnungstüren auf, eine Frau trat heraus und knipste das Licht auf dem Gang an.

Beinahe hätte die Frau Mutter auf den Schwanz getreten. Die Frau erstarrte.

Dann schrie sie: »Määäuse! Ungeziiiefer!«

Der Hausmeister kam gelaufen. Andere Mieter stürzten aus ihren Wohnungen.

»Mäuse?«, riefen sie. »Was, Mäuse? In diesem Haus?«

»Unerhört!«

Da begannen die Leute, die sonst stumm aneinander vorbeigingen, plötzlich miteinander zu reden.

Der Hausmeister sagte: »Ich werde diese frechen Eindringlinge vernichten!« (Er sagte tatsächlich: Eindringlinge!)

Wir rannten zu unseren Pappkartons und versteckten uns darunter, so gut es eben ging.

»Jetzt«, sagte der Großvater, »wird bald eine Katze kommen.«

Und so, wie er das Wort ›Katze‹ aussprach, bekam ich vor Angst eine Gänsehaut.

Bisher hatte in dem Haus nur ein Hund gewohnt, ein Windspiel, spindeldürr und von edler Nervosität, aber so eingebildet, dass er uns Mäuse einfach gar nicht roch.

Wenn jetzt aber eine Katze ins Haus kam – die Folgen waren nicht auszudenken. Es gab ja, wie schon gesagt, nirgendwo Löcher in diesem Haus.

Ach, was war das doch für eine schöne Zeit gewesen, mit dem alten Kater Carlo und dem Pudel Isegrimm.

Es kam aber keine Katze ins Haus. Im Gegenteil. Am folgenden Tag stellte der Hausmeister sogar ein Stück Speck in den Keller.

Nur mit Mühe gelang es dem Großvater, uns Kinder davon abzuhalten, von dem Speck zu naschen. Er erklärte uns den Mechanismus einer Mausefalle. Und als wir es nicht recht glauben wollten, stieß er mit einem Stöckchen gegen den Speck. Klack! Da war ein Eisenbügel heruntergeschlagen und hatte das Stöckchen in zwei Teile gebrochen.

Bei der nächsten Gelegenheit flüchtete die Familie aus dem Haus.

Auch der frühere Hof hatte sich verändert. Ein

langweiliger kurz geschorener Rasen lag jetzt dort. Die beiden Holunderbüsche waren abgehackt worden und an ihrer Stelle hatte man eine niedrige Hecke gepflanzt. Der Holzschuppen war abgerissen worden.

Schließlich fanden wir an der Außenmauer des Hauses einen Luftschacht, in den man durch einen schmalen Spalt hineinsteigen konnte. Hier waren wir wenigstens vor Katzen und vor dem Hausmeister sicher. Aber wie ungemütlich war es in diesem Luftschacht. Er war ganz mit Blech ausgekleidet und ständig zog kühle Luft hindurch.

Immerhin, wir hatten jetzt ein Dach über dem Kopf.

5

Da es im Haus für uns nichts zu fressen gab, mussten wir in der Umgebung auf Futtersuche gehen, Mutter und Vater, der Großvater und wir Kinder.

Ich ging oft zum Bahnhof. Das war ein langer und nicht ganz ungefährlicher Weg, da es an den Straßen viele Autos gab. Aber am Bahnhof fand man stets viele gute Dinge: weggeworfenes Brot, Pommes frites, hin und wieder einmal ein Stückchen Käse. Manchmal, wenn er sich gut fühlte, kam der Großvater mit. Wir liefen dann vorsichtig über die Gleise und Bahnsteige, auf denen die Menschen standen und auf die Züge warteten.

»Siehst du«, sagte Großvater, »all die Züge fahren in die weite Welt.«

»Auch in die Schweiz, in das Mause-Paradies?«

»Ja, auch in die Schweiz.«

Hier, auf dem Bahnhof, konnte man wenigstens träumen. Ich stellte mir vor, wie ich als Diplom-Käsenager in einer Fabrik wundervolle Löcher in den Schweizer Käse fräste, und zwar so säuberlich, dass niemand die Spur der Zähne erkennen konnte.

Abends lag ich dann frierend im Luftschacht. Selbst das dickste Stoffnest konnte den kalten Luftzug nicht abhalten.

Die Mutter sagte immer wieder: »Wir müssen hier raus, und zwar möglichst schnell. Wir müssen etwas anderes finden!«

Aber wo?

Die alten Häuser in der Paradiesstraße wurden von den eingesessenen Mäusefamilien bewohnt, die ihre Nester eifersüchtig bewachten.

In den neu gebauten Häusern ging es oftmals noch schlimmer zu als bei uns. Dort wurden die Keller regelmäßig mit einem chemischen Mittel ausgeprüht, der sogenannten Chemokeule. Wen die traf, der fiel um und war mausetot.

Auf diese Weise hatte auch Isolde ihre Eltern verloren: Eines Abends hatte Mutter auf der Straße eine kleine Maus gesehen, die weinend herumirrte. Sie erzählte Mutter, der Hausmeister habe gerade ihre toten Eltern hinausgetragen. Verwandte hatte sie keine mehr. Da nahm Mutter das Mausemädchen, das sich Isolde nannte, mit zu uns.

Seitdem Isolde bei uns lebte, ging ich meist mit ihr zusammen zum Bahnhof.

Wir kannten inzwischen einen Imbiss-Stand im Bahnhof, wo viele leckere Sachen am Boden lagen, zum Beispiel Pommes frites. Leider waren sie oftmals durch Ketchup verdorben, das die Menschen aus unerklärlichen Gründen darüberschmieren.

Natürlich war es viel lustiger, gemeinsam mit Isolde über den Bahnhof zu bummeln, als mit dem Großvater.

Oft saßen wir unter der Bahnsteigkante, eng aneinandergekuschelt, und hörten die Durchsagen über die Lautsprecher: »Bitte Vorsicht auf Bahnsteig 15. Der Zug nach Paris fährt in Kürze ab.«

»Paris«, sagte ich, »wie das klingt.«

Dann sahen wir die Räder vorbeirollen.

6

Und dann, an einem Freitag, kurz vor Weihnachten, passierte es. Isolde und ich hatten uns auf einen Bahnsteig geschlichen. Es war schon Nacht.

Wir hatten vor einem Gepäckwagen, in den gerade Koffer und Pakete verladen wurden, Kuchenkrümel gefunden. Sie waren aus einem aufgeplatzten Weihnachtspaket gefallen. Vom Bahnsteig zog sich eine Krümelspur in den Gepäckwagen.

Es war nicht nur der Hunger, der mich in den Waggon hineintrieb, sondern auch die Neugierde.

Während Isolde draußen die Krümel aufsammelte, sah ich mich drinnen im Wagen um. Hier waren Koffer und Pakete aufgestapelt und ein Paar Skier stand an der Wand. Eine Tür stand offen. Durch sie hindurch konnte man in den nächsten Waggon blicken. Ich schlich mich durch.

In diesem Waggon gab es viele Abteile und in jedem Abteil waren sechs Sitze. Hier war es wunderbar warm. Einen Augenblick wollte ich mich hinlegen und ausruhen, bevor ich wieder in die Kälte hinausging.

Als ich aufwachte, war um mich ein Rütteln und Rattern. Vor mir sah ich viele Beine und Schuhe. Vorsichtig lugte ich unter dem Sitz hervor: Da saßen Menschen und lasen Zeitungen. Draußen vor der Scheibe huschten Lichter in der Dunkelheit vorbei. Langsam wurde mir klar, dass ich nicht träumte, sondern wirklich im Zug saß, und der fuhr.

Nach dem ersten Schreck sagte ich mir, dass der Zug bestimmt nach München zurückkommen würde. Was ich damals noch nicht wissen konnte, war, dass alle Eisenbahnwaggons einen bestimmten Heimatbahnhof haben. Der Waggon, in dem ich saß, kam aus Hamburg und war nur als Ersatz für einen kaputten Waggon an den München-Zug gehängt worden. Normalerweise fuhr der Waggon die Strecke: Hamburg–Köln. Zum Glück wusste ich das in diesem Moment noch nicht, und darum saß ich quietschvergnügt unter den Sitzen und futterte Krümel, die den Leuten beim Brotessen herunterfielen. Hin und wieder hielt der Zug. Ich hörte, wie die Stationen aufgerufen wurden: Göttingen, Hannover, Lüneburg, Hamburg.

In Hamburg stiegen auch noch die übrigen Menschen aus. Ich konnte in aller Ruhe von Abteil zu Abteil laufen. Ich fand viele köstliche Dinge: einen Schokoladenkeks, ein Stück von einem Käsebrot und jede Menge Brot- und Kuchenkrümel. In diesem Waggon hätten gut drei Mausefamilien Futter finden können. Auch gab es wunderbare Verstecke. Ich richtete mir mein Nest in einer verkleideten Rohrleitung ein.

Für all jene, die ähnliche Reisen planen, will ich darauf hinweisen, dass man während der Winterzeit dem Heizungsrohr nicht zu nahe kommen darf. Allzu leicht kann man sich das Fell versengen.

Ich stopfte mir eine Ecke mit einem Kamelhaarschal aus, den jemand liegen gelassen hatte. Durch einen Spalt der Rohrverkleidung konnte ich ein Zugfenster sehen und durch das Fenster den Himmel. So wusste ich immer, welches Wetter draußen war.

7

Tag für Tag, Woche für Woche fuhr ich zwischen Hamburg und Köln hin und her. Wenn niemand im Abteil war, stieg ich auf einen Sitz und sah durch das Fenster hinaus: schneebedeckte Felder, hingeduckte Häuser, Berge, Flüsse, Brücken; an einer Weggabelung standen drei Milchkannen. Alles zog langsam vorbei.

Das also war die weite Welt. Wie schön sie war.

Nur manchmal war ich traurig, wenn ich an die Eltern und die Geschwister dachte und an Isolde. Wie schön wäre es gewesen, mit ihnen zusammen durch die Welt zu fahren, warm und satt und ohne Katzen. Aber zum Traurigsein blieb meist nicht viel Zeit, weil neue Leute einstiegen. Dann wurden Koffer geschoben und in die Gepäcknetze gehoben, und dann hatte ich wieder die Beine von Frauen, Männern und Kindern vor Augen, und es rieselten wieder Brot- und Kuchenkrümel herunter.

Bald wusste ich, noch bevor der Zug hielt und eine Lautsprecherstimme die Stadt ausrief, welche Station kam: Hamburg, Hannover, Bielefeld, Dortmund, Köln und zurück. So ging es an einem Tag hin und am nächsten Tag wieder zurück. Und noch immer hoffte ich, dass der Waggon einmal an eine Lok gehängt würde, die ihn wieder nach München zog. Schon konnte ich an der Hosenfarbe und der Schuhform erkennen, wann der Kontrolleur kam. Der zwickte die Fahrkarten der Leute. Ich saß dann ganz mucksmäuschenstill unter einem Sitz.

Gut eineinhalb Jahre war ich so auf der Strecke Hamburg–Köln hin- und hergefahren, und draußen kannte ich schon jede Brücke und jede Schranke.

Eines Tages waren wieder einmal keine Beine im Abteil zu sehen. Also kroch ich unter den Sitzen hervor und wollte mich gerade an ein Stück Kuchen machen, das am Boden lag, da entdeckte ich zu meinem Entsetzen eine Frau. Sie saß da und hatte die Beine auf den gegenüberliegenden Sitz gestreckt. Sie sah mich an.

Ich dachte: ›Jetzt fängt sie an zu schreien. Jetzt ruft sie nach dem Kontrolleur.‹ Aber sie lachte nur und warf mir sogar ein paar Kuchenkrümel zu. Ich machte eine leichte Verbeugung und aß schnell die Krümel. Dann verzog ich mich unter meinem Sitz, aber so, dass ich sie im Auge behielt. Sie las in einem Buch und rauchte, was in diesem Abteil verboten war. Ich hatte mir extra ein Nichtraucherabteil ausgesucht, da ich, wie alle Mäuse, Zigarettenrauch nicht vertrage.

In Bielefeld stieg ein Mann in den Zug und setzte sich der Frau gegenüber ins Abteil. Er begann ein Gespräch mit ihr und fragte, wohin sie fahre.

»In die Schweiz«, sagte sie, »nach Basel.«

›In die Schweiz, wie schön‹, dachte ich. ›Die Frau fährt also in das Paradies der Mäuse.‹ Das war doch mein Traumland.

Und so nahm ich mir vor, mit der Frau zusammen aus- und mit ihr in den Zug umzusteigen, der in die Schweiz fuhr. Draußen war es dunkel, das müsste meinem Plan behilflich sein. Gewiss, es war sehr gewagt, aus dem Zug zu klettern, über einen Bahnsteig zu laufen und in einen anderen Zug wieder einzusteigen.

Aber »Wer nicht wagt, der nicht gewinnt«, pflegte Großvater immer zu sagen.

Ich kroch nochmals in mein Nest und nahm Abschied von all den Dingen, die ich im Lauf der Zeit gesammelt hatte und jetzt nicht mitnehmen konnte: eine Glasmurmel, einen kleinen silbernen Ohrring, eine getrocknete Zwergrose.

8

In Hannover hielt der Zug.

Die Frau, die Verena hieß, stieg aus und der Mann reichte ihr den Koffer hinaus. An einer der Lederschnallen am Koffer hatte ich mich festgekrallt und kam so heil und unbemerkt auf den Bahnsteig. Dort kauerte ich mich in eine schattige Ecke des Stationshäuschens.

Überall standen Menschen und warteten auf Züge. Dann kam über Lautsprecher die Durchsage: »Achtung, Bahnsteig sieben. In Kürze läuft ein der Intercity-Zug nach Basel. Vorsicht an der Bahnsteigkante!«

Der Zug kam. Ein schnittiger gelbbrauner Zug. Die Bremsen quietschten, der Zug hielt. Leute stiegen aus. Ich sah die Frau einsteigen. Ich nahm all meinen Mut zusammen und rannte über den hell erleuchteten Bahnsteig, sprang auf die Waggontreppe und kletterte sie zwischen riesigen trampelnden Füßen hoch. Das war wirklich lebensgefährlich. Aber ich kam heil oben an.

Unter den Heizungsrohren lief ich den Gang entlang. Welch ein Unterschied zu meinem alten D-Zug-Waggon!

Der Boden war mit weichen Teppichen belegt. Die Sitze waren breiter und mit farbig gestreiftem Samt überzogen. Erst jetzt bemerkte ich, wie laut das Rattern und Rütteln war, das mich mehr als anderthalb Jahre im alten D-Zug begleitet hatte. Dieser Zug lief sanft und ganz leise. Die Fenster waren breiter und das Glas bräunlich getönt. Draußen flitzten die Lichter in der Nacht schneller vorbei, als ich es bislang je gesehen hatte. Über den Zuglautsprecher hörte man eine Stimme: »Guten Abend, meine sehr verehrten Damen und Herren, hier spricht der Lokomotivführer. Wir fahren jetzt die Höchstgeschwindigkeit von 200 Stundenkilometern. Ich wünsche Ihnen allen eine gute Reise.«

Und dann zog ein wunderbarer Duft durch den Waggon. Als ich dem Geruch vorsichtig nachging, kam ich in den Speisewagen.

Kellner in roten Jacketts bedienten die Leute, die an kleinen Tischen saßen. Ich setzte mich unter einen der Tische und aß von einer Bratkartoffel, die einem Mann heruntergefallen war. Leider konnte ich das Essen nicht in Ruhe genießen, da der Mann beim Essen nervös mit dem Fuß hin- und herfuhr. Ich musste ständig auf der Hut sein, dass er mich nicht trat.

Nachdem ich gespeist hatte, lief ich durch die Gänge des Zugs und suchte die Frau. Das Eigentümliche an diesem Intercity-Zug war, dass fast ausschließlich Männer darin saßen. Die meisten trugen Anzüge und Krawatten und hatten alle, wie auf Verabredung, kleine lederne Aktenkoffer bei sich. Es war alles sehr fein und es ging lange nicht so lustig her wie in meinem alten D-Zug, wo alles durcheinandersaß, Kinder, Männer und Frauen, Alte und Junge.

Auch fanden sich in dem Intercity-Zug kaum

Krümel. Die Leute hier aßen nicht im Abteil. Und wenn einmal jemand eine Stulle auspackte, dann tat er das ein bisschen verschämt und ganz verstohlen. Zum Speisen ging man eben in den Restaurantwagen. Dort gab es Abfälle in Hülle und Fülle. Aber der Weg dahin war gefährlich, denn die Türen zwischen den einzelnen Waggons öffneten und schlossen sich automatisch. Man brauchte lediglich leicht an dem Türgriff zu ziehen, schon sprangen sie auf, um sich wenig später wieder zischend zu schließen. Der Türgriff war für mich natürlich viel zu hoch, und darum musste ich vor jeder Tür warten, bis jemand durchging. Blitzschnell lief ich dann hinterher, bevor die Tür wieder zuschlug. Ich hatte dabei immer etwas Angst um meinen Schwanz.

Dieser Zug war wesentlich bequemer, das war klar, aber ich hätte darin nie so lange ungestört fahren können, wie in meinem schönen alten D-Zug.

9

Endlich hielt der Zug. Draußen hörte ich eine Lautsprecherstimme: »Basel. Endstation. Alles aussteigen, bitte!«

Ich jubelte. Ich war im Paradies der Mäuse. Ich war in der Schweiz!

Alle Leute stiegen aus. Ganz zuletzt kletterte ich aus dem Zug. Draußen war es dunkel. Ich lief schnell über die Gleise zum Bahnhofsplatz. Dort traf ich eine Maus. Sie war ganz struppig und man sah ihr sofort an, dass sie viel im Freien schlief, also kein Zuhause hatte.

Die Maus stellte sich vor: »Wilhelm.«

»Mausebiber«, sagte ich.

Wilhelm war eine echte Schweizer Landmaus. Er war von seinem Bauernhof, wo sich immer mehr Katzen breitgemacht hatten, nach Basel gekommen. Hier war er zu einer typischen Bahnhofsmaus geworden, wie man sie überall in der Welt antrifft. Sie haben gut zu fressen und sind wohlgenährt, sehen aber, da sie keine rechte Wohnung haben, ziemlich abgerissen aus.

Ich fragte Wilhelm, wo die nächste Käsefabrik sei.

»Die isch nit wit«, sagte er, »aber do hesch du kei Chance als Muus. Do kunnt keine vo uns me iine.«

»Ja«, fragte ich erstaunt, »wer frisst dann aber die Löcher in die Schweizer Käse?«

»Oh«, sagte Wilhelm, »das isch doch nur e Märli. Vilicht isch das viel frieher emol so gsi, aber hüt mache das nur no Maschine. Für uns Müsli isch do kei Platz me. Weisch«, sagte Wilhelm, »d'Schwyz isch kei Land für Müsli. Do isch alles suuber und ordlig.«

Wir drückten uns an der Bahnhofsmauer entlang.

»Gsesch«, sagte er und zeigte auf eine Frau, die vor einer Imbiss-Stube stand. Ihr war gerade ein Pomme frite heruntergefallen. Sie bückte sich sogleich danach, hob ihn mit spitzen Fingern auf und trug ihn zu einer Mülltonne. Die Mülltonne hatte einen Klappverschluss. Man hätte nicht einmal hineinkriechen können.

»Und ich dachte, die Schweiz ist das Paradies der Mäuse«, sagte ich.

»Das isch e schöns Märli«, sagte Wilhelm. Und er erzählte mir, wie man sich als Maus in diesem Land durchhungern müsse. Er wäre schon längst nach Frankreich ausgewandert, wenn er nicht solche Angst vor dem Eisenbahnfahren hätte.

»Nach Frankreich?«, fragte ich.

»Jo«, sagte Wilhelm, »Frankrich isch unter de Schwyzer Müs e Gcheimtipp.«

»Warum sollen wir nicht nach Frankreich fahren«, sagte ich. Und ich erzählte ihm, dass ich monatelang in einem D-Zug zwischen Hamburg und Köln hin- und hergefahren war.

»Toll!«, rief er, »denn fahre mer doch.«

10

Wir liefen über die Bahnsteige, bis wir eine Durchsage hörten: »Achtung! Reisende nach Paris. Auf Gleis 10 fährt in wenigen Minuten der Transeuropa-Express von Basel nach Paris ab. Bitte einsteigen und die Türen schließen!«

Wir liefen zu dem Bahnsteig 10. Dort stand in einem feierlichen Blau der Zug. Wir konnten gerade noch in einen Waggon klettern, bevor sich die automatischen Türen schlossen.

Dieser Zug war noch eleganter als der Intercity. Die Sitze waren breit und bequem. Die Kopfstützen waren mit weißen Spitzendeckchen überzogen. Auch auf dem Boden der Gänge lag ein flauschiger Teppich. Ich lief unter dem Kasten der Heizungsrohre. Wilhelm aber lief vor lauter Staunen mitten im Gang, bis er beinahe von einem Mann getreten worden wäre. Der Mann bekam einen Schreck und rief: »Eine Maus! Vorsicht! Eine Maus im Zug!«

Jemand rief nach dem Zugschaffner. Überall kamen die Leute aus den Abteilen. Wilhelm saß wie versteinert auf dem Gang.

»Los!«, rief ich, »schnell!«, rannte in ein Abteil und kroch unter die Sitze. Wilhelm rannte schließlich auch los. Wir versteckten uns ganz hinten an der Wand.

Der Zugschaffner kam gelaufen und der Mann erzählte ihm, dass er eben eine Maus gesehen habe. Die Maus habe ganz dreist auf dem Gang gesessen.

Der Zugschaffner wusste nicht, was er machen sollte. »Ich habe noch nie in meinem Leben eine Maus gefangen«, sagte er.

Schließlich rief er nach dem Zugführer.

Der Zugführer kam. Er trug als Zeichen seiner Würde ein rotes Lederband um die Schulter.

»Was?«, sagte er, »eine Maus im Zug, das ist

ganz unmöglich. Wie soll die reinkommen. Seit zwanzig Jahren fahre ich in Zügen und habe noch nie eine Maus in einem Personenzug gesehen.«

Er befahl dem Zugschaffner, unter den Sitzen nach der Maus zu sehen.

Wir sahen zwei Knie, dann eine riesige Hand, die sich auf dem Boden abstützte, und dann kam, den Kopf nach unten, das Gesicht des Zugschaffners, ganz rot und verkniffen. Wir sahen uns an, von Aug zu Aug.

»Unfasslich«, sagte er und das rote Gesicht verschwand wieder, »da sitzen tatsächlich zwei Mäuse drunter.«

»Fangen!«, befahl der Zugführer.

»Fangen«, wiederholte der Zugschaffner, »jawohl«, und wieder erschien sein Gesicht.

Die große Hand griff nach mir. Ich machte nur einen kleinen Satz zur Seite und sie griff daneben. Wie täppisch sich der Mann anstellte. Nochmals griff er nach mir, und wieder daneben.

»Mistviecher!«, schimpfte der Zugschaffner, »kleine verflixte Mistviecher!«

Er legte sich auf den Boden, um uns besser fangen zu können.

Ich flüsterte Wilhelm ins Ohr: »Pass auf, wenn er nach dir greift, dann springst du nach links, und ich renn direkt auf sein Gesicht zu. Angriff ist die beste Verteidigung.«

Der Schaffner lag auf dem Boden. Um ihn herum standen viele Füße. Der Schaffner hielt die Luft an, konzentrierte sich und griff dann schnell nach Wilhelm. Aber Wilhelm war schneller, sprang zur Seite, und ich rannte geradewegs auf das rote, schwitzende Gesicht des Zugschaffners los. Der riss erschrocken den Kopf hoch, stieß ihn sich dröhnend am Sitzrand und schrie: »Aua!«

Er sprang auf.

»Eine Maus, die beißen will!«, schrie er, »die ist tollwütig. Das steckt an!«

Alle rannten aus dem Abteil hinaus und verriegelten die Tür von außen.

Wilhelm und ich krochen unter den Sitzen hervor. Draußen, auf dem Gang, vor dem Fenster der Abteiltür standen dicht gedrängt Menschen, lauter Männer, und starrten uns an.

»Was isch jetzt?«, fragte Wilhelm.

»Lass sie stehen und gaffen«, sagte ich, »die haben wohl noch nie Mäuse gesehen. Wir legen

uns erst mal unter die Sitze und schlafen ein wenig.«

Wir verkrochen uns in eine Ecke und streckten uns auf dem flauschigen Teppich aus. Wilhelm wälzte sich unruhig hin und her. Ich schlief bald ein.

11

Eine Lautsprecherstimme weckte uns: »Attention, ici Paris, Gare de l'Est.«

»Gschnäll«, sagte Wilhelm, »sie kömme.«

Tatsächlich, zwei finster blickende Kammerjäger betraten unser Abteil. Sie packten Sprühdosen aus und begannen, unser Abteil auszuräuchern. Das also war die berühmt-berüchtigte Chemokeule.

»Schnell!«, rief ich Wilhelm zu, »hinter mir her, ich kenn einen Fluchtweg.«

Ich kroch in die Leitungen der Klimaanlage. Als ich mich noch einmal umdrehte, sah ich, wie die

Kammerjäger die Abteiltür von außen verschlossen, während sich im Abteil langsam die bläulichen Giftschwaden ausbreiteten.

Hastig kletterten wir aus dem Waggon und versteckten uns erst einmal unter dem Bahnsteig.

Nachdem es dunkel geworden war, schlichen wir uns aus dem Bahnhof hinaus.

Vor uns lag eine breite, hell erleuchtete Straße, ein Boulevard, wie die Franzosen solche Straßen nennen.

Das also war Paris. Jene Stadt, von der Isegrimm so viel erzählt hatte.

»S Paradiis vo de Müs«, wie Wilhelm schwärmerisch sagte.

Wir huschten an den Hausmauern entlang. Auf dem breiten Gehweg, dem Trottoir, standen die Tische und Stühle der Cafés und Restaurants im Freien. Dort saßen in dem warmen Abendwind die Menschen und aßen und tranken.

Noch an demselben Abend entdeckten wir eine Gewohnheit der Franzosen, die uns entzückte.

Die Franzosen pflegten zu allen Mahlzeiten lang gezogene Brötchen zu essen, die sie Baguettes nennen. Von diesen Brotstangen brechen sie sich beim

Essen Stücke ab. Diese Baguettes und die Angewohnheit, sich das Brot abzubrechen, ist wie für Mäuse geschaffen, denn dabei fallen natürlich viele Krümel ab.

»Wenn mes gnau nimmt«, sagte Wilhelm, »git's Brotschnyde für uns Müs nüt här.«

Und damit hatte Wilhelm recht.

Es gab noch eine andere, wunderbare Gewohnheit der Franzosen. Nach jedem Essen gibt es Käse. Die verschiedensten Sorten, lange, runde, ovale; Käse mit und ohne Schimmelpilze; Käse mit Pfeffer, Lorbeer und Kümmel.

Die Namen dieser verschiedenen Sorten lernten wir durch Pierre kennen, der sie auch gleich einstufte, mit einem: ça va (es geht), bon (gut), très bon (sehr gut) und merveilleux (vorzüglich).

Pierre war eine waschechte Pariser Maus. Wir hatten ihn vor dem Restaurant ›Les trois mousquetaires‹ kennengelernt. Pierre bewegte sich mit der allergrößten Selbstverständlichkeit auf dem Boulevard. Er pflegte zu sagen: »Nicht laufen, sondern schreiten. Was huscht, das sieht man. Wenn wir aber ruhig gehen, dann übersehen uns die Menschen.«

So schlenderte Pierre inmitten der vorbeigehenden Menschen von Restaurant zu Restaurant, stets auf der Suche nach Delikatessen, denn das überall abfallende Weißbrot nahm er nur als Zubrot. Seine Lieblingsgerichte waren getrüffelte Gänseleberpastete, Camembert von der Côte d'Or und in Rotwein eingelegte Oliven. Von den Oliven lagen viele am Boden, da sie von den amerikanischen Touristen, in der Annahme, sie seien verdorben, meist unter den Tisch geworfen wurden.

»Les Américains ont une culture de ketchup«, sagte Pierre und knabberte an einer Olive. Das hieß auf Deutsch: Die Amerikaner haben eine

Ketchup-Kultur. Pierre war, was geschmackliche Dinge anging, sehr streng. »Geschmack kann man nämlich lernen«, pflegte er zu sagen, »sonst wären wir noch heute einfache Feldmäuse.« Und dann fügte er meist hinzu: »Und die Gefahr muss man lieben.«

12

Paris war nicht nur reich an Genüssen, sondern leider auch reich an Gefahr. Ich habe nie in meinem Leben so viele Katzen gesehen wie in Paris, und zwar die größten, schnellsten und wildesten Exemplare, die man sich überhaupt vorstellen kann. Erst in Paris verstand ich die wahre Bedeutung der Mause-Weisheit: »Eine Katze im Haus bringt Kummer und Graus.«

Hier lebten in jedem Haus gleich mehrere Katzen, denn die Franzosen haben eine große Vorliebe für Katzen. Und diese Katzen hatten, da sie mit dem Fressen sehr kurzgehalten wurden, nichts anderes im Sinn als Mäuse zu jagen.

Gleich in der zweiten Woche nach unserer Ankunft in Paris war mir etwas Fürchterliches passiert.

Ich saß auf dem Gehweg unter einem Tisch und aß mit Genuss von einem Stück Tortenbrie, das jemandem beim Essen heruntergefallen war. Plötzlich spürte ich eine Druckwelle, und als ich aufsprang, sah ich aus den Augenwinkeln eine riesige schwarze Katze auf mich zustürzen.

Ich rannte um mein Leben.

Schon spürte ich den heißen Atem der Katze im Genick, da entdeckte ich mehrere Mülltonnen auf dem Gehsteig. Im letzten Augenblick konnte ich durch zwei dicht beieinander stehende Mülltonnen hindurchschlüpfen. Völlig außer Atem fiel ich um. Die schwarze Bestie versuchte, mich mit der Pfote herauszuziehen. Ich kroch weiter zurück. Was waren das für riesige Krallen! Ich musste an den guten alten Kater Carlo denken. Da, was waren das für Erschütterungen? Die Mülltonnen bebten. Das Vieh sprang gegen die Tonnen und versuchte, sie umzuwerfen! Glücklicherweise waren sie bis oben hin mit Müll vollgestopft. Die Katze gebärdete sich wie wild. Es war, glaube ich heute, der alte Hass aller Raubtiere gegen die friedfertigen Nagetiere. Dann, ganz überraschend, setzte sich die Katze ganz ruhig vor die Tonne.

›Gut‹, dachte ich, ›dort kannst du lange warten‹, und machte es mir bequem.

Aber warum grinste das Vieh so hinterhältig?

Da hörte ich das Klappern. Ein Klappern, das von den Ascheimertonnen kam, die überall auf den Gehweg hinausgestellt worden waren. Und dann hörte ich das Müllauto und hörte, wie die Müllmänner die Tonnen zum Auto trugen, sie entleerten und wieder in die Häuser zurückrollten. Je näher das Klappern und Rollen der Mülltonnen kam, desto gieriger wurde das Grinsen der Katze. Schon war sie aufgestanden. Schon begann sie, aufgeregt von einer Pfote auf die andere zu treten. Schon hörte ich die Stimmen der Müllmänner und das Rattern des Müllautos. Dann wurde die erste Tonne weggetragen. Die Katze stand ganz dicht vor der Tonne, hinter der ich saß und die jeden Moment hochgehoben werden konnte.

Zwei Müllmänner kamen und hoben die Tonne

hoch. Da sprang ich in meiner Verzweiflung einem Müllmann an die Hose und lief wie ein Eichhörnchen um sein Hosenbein. Die Katze sprang mit einem Riesensatz hinterher, krallte sich im Stoff des Hosenbeins fest und versuchte ebenfalls, um das Bein herumzulaufen. Der Müllmann ließ die Tonne los und gab der Katze einen gewaltigen Tritt.

»Diese Mistviecher werden immer dreister«, sagte er, »fallen jetzt schon Menschen an.«

Die Katze hinkte davon.

Ich stieg vorsichtig von der Hose des Müllmanns und lief zu unserer Wohnung, die Wilhelm und ich unter einer Telefonzelle eingerichtet hatten. Dort saß ich und zitterte an allen vier Pfoten. Mein Herz schlug wie rasend und ich dachte: ›Wie schön war doch die Zeit damals auf dem Hof mit den Holunderbüschen und dem Kater Carlo, dem Hund Isegrimm und meiner Familie.‹

Als Pierre und Wilhelm kamen, fanden sie mich ganz verheult.

»Was isch?«, fragte Wilhelm.

Ich erzählte ihnen von meinem Erlebnis mit der riesigen schwarzen Katze.

»Tja«, sagte Pierre, »man muss die Gefahr lieben. Sieh«, sagte er, »das sind dafür die Vorteile von Paris.«

Er hatte sich ein großes Stück Camembert mitgebracht, das er mir jetzt schenkte.

»Danke. Aber ich will dann doch lieber in München leben. Auch wenn es nicht mehr so ist wie früher. Aber immer noch besser in einem kalten, aber sicheren Luftschacht zu wohnen als hier von solch riesigen Katzen gejagt zu werden.«

Auch Wilhelm wollte lieber in die mausefeindliche Schweiz zurück als in dem katzenfreundlichen Paris bleiben.

13

An einem Freitagabend nahmen wir Abschied von Pierre. Pierre hatte noch einmal ein opulentes Mahl zusammengetragen: Gänseleberpastete, Tortenbrie und eingelegte Oliven.

Wir saßen bis in die Nacht zusammen, aßen und tranken und unterhielten uns über eine Welt ohne Katzen.

Dann umarmten wir Pierre und liefen in Richtung Gare de l'Est. Das Letzte, was wir von Pierre sahen, war, wie er mit dieser unvergleichbaren Nonchalance über den Boulevard schlenderte, in Richtung unseres Restaurants ›Les trois mousquetaires‹.

Auf dem Gare de l'Est liefen wir über die Gleise, auf der Suche nach einem Zug nach München. Wir hatten uns lange genug auf Bahnhöfen herumgetrieben, um ganz genau zu wissen, dass man auch als Maus niemals auf den Schienen laufen darf. Man muss dicht neben der Schiene gehen, dort ist man am sichersten, auch vor dem heißen Wasser, das manchmal aus den Restaurantwagen abgelassen wird.

So schlichen wir uns an den Gleisen entlang, bis wir plötzlich Mäuse piepsen hörten. Vorsichtig kletterten wir auf den Bahnsteig. Das Piepsen kam aus einem gelben Zirkuswagen, der auf einem flachen Eisenbahnwaggon stand. Gerade stieg ein Mann aus dem Wagen. Der Mann hatte einen gewaltigen roten Schnurrbart.

Ich sagte zu Wilhelm: »Warte, ich frage die Mäuse da drinnen, wohin der Zug fährt.«

In dem Zirkuswagen standen Kisten und Käfige, darunter ein großer Glaskasten, in dem sich viele weiße Mäuse tummelten. Gleich neben dem Eingang stand ein kleiner Käfig mit einem vergoldeten Gitter. Darin saß eine gepflegte weiße Maus.

Ich fragte sie: »Fährt der Zug nach München?«

»Ja«, sagte sie und grinste.

Warum grinste sie? Da ruckte der Zug an.

»Schnell!«, rief ich Wilhelm zu, »steig ein!«

Wilhelm kletterte auf den Waggon, da fuhr der Zug auch schon los.

»Was isch denn das?«, fragte Wilhelm.

»Das ist der berühmte Zirkus Salambo«, sagte die weiße Maus in dem goldenen Käfig und schaukelte sich auf einem kleinen Hölzchen.

»Und warum bist du nicht bei den anderen weißen Mäusen in dem Glaskasten?«

»Du lieber Himmel«, sagte die weiße Maus, »bei diesem gewöhnlichen Pack, nein. Ich bin Jack und arbeite mit dem berühmten Zauberer Clandestin zusammen. Die Mäuse in dem Glaskasten ziehen nur einen Wagen durch die Manege, also keine große Kunst.«

In diesem Moment erbebte die Luft von einem entsetzlichen Röhren.

»E Riisechatz!«, schrie Wilhelm entsetzt.

Jack lachte. »Nein, das ist Petz, ein Braunbär. Der schläft meist und manchmal träumt er laut.«

»Kanada«, hörten wir den Bär brummen, »Kanada.«

»Er träumt wieder von seinen Wäldern«, sagte Jack. »Petz kommt aus Kanada. Jetzt fährt er auf einem Roller durch die Manege.«

Der Zug hielt, und der Wagen wurde von dem Waggon gezogen.

»Ist es noch weit nach München?«, fragte ich Jack.

»Ich denke schon«, sagte er und grinste wieder.

Wilhelm und ich gingen zu dem Glaskasten, in dem die weißen Mäuse gerade Versteck spielten. Sie quietschten vor Vergnügen.

»Die sind ja ganz fidel«, sagte ich zu Wilhelm, »aber immer in so einem Kasten leben möchte ich nicht.«

»Nai«, sagte Wilhelm, »i au nit.«

14

Plötzlich begann der Wagen zu schaukeln. In Eisenbahnwaggons kann man hin und her geschleudert werden, wenn der Lokomotivführer zu schnell durch Kurven fährt, aber dieses langsame Hoch und Runter war etwas ganz Neues. Wilhelm stieg auf eine Kiste und linste aus einem kleinen Fenster.

»Wasser«, sagte er, »numme Wasser.«

Ich stieg hoch und guckte hinaus. Tatsächlich, so weit das Auge reichte: grünes Wasser – das Meer.

»Aber wo ane fahre mer denn?«, fragte Wilhelm ängstlich.

»Nach England!«, rief Jack, »auf einer Fähre

nach England«, und er wollte sich ausschütten vor Lachen.

Da begannen Wilhelm und ich zu weinen. Wie sollten wir jemals über das Wasser wieder zurückkommen!

»Schwimmen«, lachte Jack und wischte sich die Lachtränen aus den Augen, »schwimmen. Ihr grauen Mäuse schafft das schon. Nein«, sagte er und begann wieder zu lachen, »was ist das für ein Spaß. Einfach herrlich.«

»Dasch e Laggaff«, sagte Wilhelm, »und denn au no schadefroh.«

Die weißen Mäuse in dem Glaskasten hatten aufgehört zu spielen.

»Hört nicht auf ihn«, riefen die weißen Mäuse, »lasst euch nicht von Jack ärgern. Kommt zu uns!«

Wir gingen zu dem Glaskasten.

»Ich bin Tissy«, sagte ein Mausemädchen, »und woher kommt ihr?«

»Ich bin eine Hausmaus aus München«, antwortete ich, »und heiße Stefan, aber alle nennen mich Mausebiber.«

»Und i bin e Schwyzer Fäldmuus«, sagte Wilhelm.

»Wisst ihr was«, sagte Tissy, »ihr müsst bei uns

bleiben, denn irgendwann kommt der ganze Zirkus nach Deutschland zurück. Steigt auf den Bärenkäfig und springt zu uns in den Kasten.«

»Und wenn der Bär aufwacht?«

»Der wacht nicht auf.«

Wilhelm und ich krabbelten an zwei Gitterstäben hoch. Unten stand der Kasten. Himmel, war das hoch.

»Los, springt!«, riefen die weißen Mäuse und hatten sich alle an die Glaswände gestellt, damit wir genügend Platz fanden beim Hinunterspringen. Ich sprang als Erster, dann Wilhelm. Die Wände des Kastens waren alle aus Glas und so hoch, dass man nicht hinausklettern konnte. Es war ein großes gläsernes Gefängnis. Aber der Boden war mit Sägespänen warm gepolstert und es gab verschiedene Näpfe mit reichlich Essen.

»Ganz bequem«, sagte Wilhelm, »aber wemme für immer in däm Kaschte läbe miesst. Vo überall ka me dur das Glas beobachtet wärde.«

»Ja«, sagte ich, »für immer möchte ich hier nicht wohnen.«

»Wie haltet ihr das us in däm Glaskaschte?«, fragte Wilhelm.

»Ach«, sagte Tissy, »wir sind hier drin geboren und vor uns unsere Eltern und Großeltern. Wir fühlen uns hier sehr wohl.«

»Und was macht ihr im Zirkus?«

»Herr Salambo hat eine Mäusenummer inszeniert. Zwanzig weiße Mäuse ziehen eine Siamkatze auf einem kleinen Wagen um die Manege. Seht ihr, dort hinten, in dem Bastkorb, dort liegt die Katze. Sie heißt Lena.«

»Aber isch denn das nit gfährlig?«, fragte Wilhelm.

»Ein bisschen schon«, sagte Tissy, »aber die Lena bekommt vor jedem Auftritt so viel Fressen, dass sie ganz schläfrig wird.«

Dann überlegten alle, wie sie uns helfen könnten.

»Verstecken können wir euch leicht«, sagte eine weiße Maus, »und zwar in dem Haus.« Im Kasten stand ein kleines Haus mit kleinen Türen und Fenstern. »Aber spätestens in drei Tagen kommt Herr Salambo und hebt es hoch. Dann nämlich wird der ganze Kasten gesäubert.«

»Wir könnten alle auf die beiden raufkriechen und sie unter unseren Körpern verstecken«, sagte eine andere weiße Maus.

»Ja«, sagte Tissy, »das geht, solange wir reisen. Aber spätestens wenn wir auftreten und uns Herr Salambo aus dem Kasten nimmt, wird er die beiden entdecken.«

Alle schwiegen bekümmert und dachten nach.

»Kanada«, brummte der Bär im Traum, »Kanada.«

»Ich hab eine Idee«, sagte Tissy. »Wisst ihr was, ihr müsst irgendein kleines Kunststück lernen, dann wird euch Herr Salambo beim Zirkus behalten. Am besten ist, einer von euch lernt auf dem Seil laufen. Denn bis jetzt muss ich das allein machen.«

Tissy stieg auf einen kleinen Pfahl, an dem hing ein Faden, der zu einem anderen Pfahl führte. Tissy sagte, sie müsse jeden Tag mehrere Stunden proben. Die anderen Mäuse trainierten in kleinen hölzernen Lauftrommeln.

»Man muss viel Kraft haben«, sagten die weißen Mäuse, »denn Lena, die Siamkatze, ist ziemlich dick.«

15

In den nächsten Tagen versuchten wir, Wilhelm und ich, über das Seil zu kriechen. Das ist denn doch für Haus- und Feldmäuse ziemlich ungewöhnlich. Und so hingen wir denn auch wie die nassen Säcke an dem Seil, auf und unter dem sich Tissy leicht und graziös bewegte.

Am dritten Tag gab Wilhelm auf und sagte, er wolle lieber einen Purzelbaum üben, mit dem er sich früher in Ackerfurchen hatte abrollen lassen.

Ich aber trainierte verbissen weiter am Seil.

Jedes Mal wenn Herrn Salambos riesiger Schnurrbart über dem Kasten erschien und seine behaarte

Hand hineingriff, das Haus hochhob und das Sägemehl auswechselte, stürzten Wilhelm und ich in eine Ecke des Kastens und alle weißen Mäuse legten sich auf uns. So konnte Herr Salambo nicht ein Fitzelchen von unserem grauen Fell sehen. Alles war makellos weiß. Jack wollte sich dann jedes Mal totlachen.

Eines Tages hielt der Wagen. Die Kisten wurden abgeladen. Der Bär wachte auf und sagte ganz verschlafen: »Wo sind wir denn?«

»In England«, sagte Jack, »in Bristol.«

»Was für ein grässliches Wetter«, sagte der Bär und nieste. »Immer regnet es.«

Aber er hatte noch gar nicht die Augen aufgemacht, denn draußen schien die Sonne.

Die Zirkusleute hatten das Zelt aufgebaut. Es war nur ein kleines Zelt und schon recht fadenscheinig. In der Manege wurde schon gearbeitet. Die beiden Jungs von Herrn Salambo jonglierten mit mehreren leeren Bierflaschen. Herr Salambo, der eigentlich Gruber hieß, schwang die Peitsche und ließ den Bären auf einem Roller im Kreis herumfahren. Jedes Mal wenn sich der Bär mit seiner Hintertatze abstieß, brummte er: »Kanada, Kanada.«

Oben, unter der Zirkuskuppel, schaukelte Frau Salambo an einem Trapez.

Es gab außer der Familie Gruber nur noch einen Artisten, den Zauberer Clandestin. Der übte gerade an einigen Neugierigen seine schwarze Magie, zog ihnen, ohne dass sie es merkten, die Brieftaschen aus den Jacken oder die Uhren vom Handgelenk.

Und dann kam der Augenblick, den wir die ganze Zeit über gefürchtet hatten. Herr Salambo stellte einen kleinen Wagen auf den Manegerand, setzte die Siamkatze hinein und begann, die weißen Mäuse einzeln aus dem Kasten zu heben und in ein winziges Geschirr einzuspannen. Wilhelm und ich lagen in der Ecke auf dem Boden und spürten, wie eine weiße Maus nach der anderen von uns gehoben wurde, bis Herr Salambo uns entdeckte.

»Na so was«, sagte er, »graue Mäuse. Wie haben die sich denn hier eingenistet?«

Seine behaarte Hand griff sich schnell und sicher Wilhelm.

Wilhelm piepste ängstlich: »I ka Purzelboim mache.«

Aber Herr Salambo verstand ihn nicht. Er hatte schon die andere Hand nach mir ausgestreckt, da flüsterte mir Tissy ins Ohr: »Los, zeig, was du kannst!«

Schnell kletterte ich auf das Seil, lief daran entlang bis zur Mitte, dort schlang ich den Schwanz um das Seil und ließ mich fallen. Ich schaukelte jetzt am Schwanz in der Luft wie Frau Salambo am Trapez.

»Donnerwetter«, sagte Herr Salambo.

Er sah Wilhelm an, den er noch in der Faust hielt und setzte ihn ganz vorsichtig wieder in den Glaskasten. Wilhelm machte sofort einen Purzelbaum.

Wieder sagte Herr Salambo: »Donnerwetter!«

Er rief zu seiner Frau am Trapez hinauf: »Schau dir diese grauen Mäuse mal an. Die beiden müssen wir unbedingt in unser Programm einbauen!«

Ach, wie jubelten wir da. Tissy umarmte uns. Und alle weißen Mäuse riefen: »Willkommen bei den Artisten!«

16

An einem Samstagabend hatten wir unseren ersten Auftritt im Zirkuszelt. Alles war sehr feierlich. Die Tochter von Herrn Salambo ritt in der Manege. Sie trug ein weißes mit glitzernden Steinen besticktes Kleid.

Danach spielte ein Clown auf einer kleinen Trompete. Er fiel ins Sägemehl der Manege. Und nachdem er wieder aufgestanden war, da blies er lauter Sägemehl aus der Trompete.

»Verflixte Trompete«, sagte er, und schon war er wieder hingefallen. Er stand wieder auf und schüttelte sich Sägemehl aus den Ohren. Die Zuschauer lachten und klatschten.

Erst hinter dem Vorhang, als sich der Clown abschminkte, erkannte ich Herrn Salambo.

Inzwischen liefen die Söhne auf Stelzen durch die Manege und balancierten auf einem Löffel im Mund vier rohe Eier.

Danach turnte Frau Salambo unter der Zirkuskuppel am Trapez und fuhr auf einem kleinen Fahrrad über das Seil. Der Bär kam, fuhr Roller und brummte immer: »Kanada, Kanada«.

Und dann trat Herr Salambo in die Manege und sagte: »Ladies and Gentlemen, ich habe the Pleasure, Ihnen a very famous Number anzusagen. Eine Number, die die Naturgesetze außer Kraft setzt. Die den berühmten Mister Newton widerlegt. Undenkbar, aber doch wahr, was Sie jetzt gleich sehen werden. Zwanzig Mäuse ziehen eine Katze.«

Er setzte den Wagen auf den Manegerand. Dann hob er die Mäuse in ihrem zierlichen Geschirr aus dem Glaskasten und spannte sie vor den Wagen. Danach holte er die schläfrige und vollgefressene Siamkatze aus ihrem Korb und setzte sie in den Wagen. Lena trug einen kleinen roten Umhang und sah aus wie ein alter Römer. Zuletzt aber

setzte Herr Salambo – das war sein Einfall – Wilhelm auf den kleinen Kutschbock, der Katze direkt vor die Nase. Wilhelm musste die kleinen Zügel in den Pfoten halten.

»Hoffentlich het d'Chatz gnueg gässe«, sagte Wilhelm, als wir voneinander Abschied nahmen.

Dieses Bild muss man vor Augen haben: zwanzig weiße Mäuse, von einer grauen Maus gelenkt, und dahinter, in einer roten Toga, die Siamkatze. Ein prächtiges Bild.

Herr Salambo knallte mit seiner Bärenpeitsche, und husch! zogen die weißen Mäuse den Wagen an. Sie sausten um den Manegerand, sodass sich die Katze an dem Wagen festkrallen musste. So fuhren sie drei Runden.

Die Zuschauer klatschten, und Herr Salambo trug die Siamkatze in den Korb. Die weißen Mäuse und Wilhelm kamen wieder in den Glaskasten, wo sie sofort zu fressen anfingen.

Herr Salambo ging wieder in die Mitte der Manege und sagte: »Now, Ladies and Gentlemen, unsere neueste Attraktion, eine Weltsensation, really. Zwei todesmutige Mäuse, in extremer Höhe, zeigen Ihnen ihre Kunststücke, ganz ohne Netz!«

Im Zelt wurde es still.

Herr Salambo hob mich und Tissy aus dem Glaskasten. Frau Salambo hatte Tissy ein dunkelblaues Kleidchen genäht und mir ein weißes Trikot. Tissy und ich stiegen eine lange dünne Bambusstange hoch. Oben angekommen, sah ich die Zuschauerreihen. Da saßen die Menschen dicht gedrängt, und Hunderte von Augen sahen uns an.

Dann betrat ich das dünne Nylonseil, und nach mir Tissy. Da das Seil durchsichtig und sehr fein war und da die Scheinwerfer geschickt aufgestellt waren, sah es aus, als liefen Tissy und ich durch die Luft. In der Mitte des Seils wickelte ich meine Schwanzspitze um das Seil und ließ mich fallen. Die Menschen schrien auf. Aber dann pendelte ich am Schwanz in der Luft, so, als hielte mich eine unsichtbare Hand.

Das Schwierige an dieser Nummer war, dass ich nur mit einem kräftigen Schwung wieder hochkommen konnte. Ich musste mich dazu in eine Pendelbewegung bringen. Tissy hielt mir zur Hilfe ihren Schwanz hin, so konnte ich mich auf das Seil zurückziehen. Wir liefen auf dem Seil zurück. Die

Zuschauer tobten vor Begeisterung. Wir kletterten die Bambusstange hinunter. Herr Salambo setzte uns vorsichtig wieder in den Glaskasten.

Nach uns kam der Zauberer Clandestin. Er war ganz in Schwarz gekleidet und trug einen Zylinder. Er warf vier Metallringe nacheinander in die Luft, und als er sie wieder auffing, da waren sie ineinander verschlungen und niemand fand eine Stelle, wo man sie hätte ineinanderstecken können.

Dann holte er seine Zauberkanne. Aus dieser einen Kanne schenkte er den Leuten all jene Getränke ein, die sie sich wünschten: Tee, Rotwein, Möhrensaft, Danziger Goldwasser, Kaffee, Gin. Er stellte die Kanne weg und zog ein weißes Kaninchen aus dem Zylinder.

Zum Schluss ließ er sich die Handtasche einer Frau aus dem Publikum reichen. Er fragte die Frau, ob sie Mäuse möge.

»Nein«, sagte sie, »natürlich nicht.«

»Aber warum haben Sie dann eine weiße Maus in Ihrer Handtasche?«

Und er zog Jack am Schwanz aus der Tasche.

Die Leute klatschten und riefen: »Bravo!«

Wilhelm sagte: »Das sind wirkligi Könner, dr Clandeschtin und dr Tschäk, das muess mer ene lo.«

17

So vergingen Tage und Wochen. Wir zogen in England von einem Ort zum anderen. Es wurde Herbst, Winter, Frühling und wieder Sommer. Von der kalten Zeit hatten wir kaum etwas gemerkt, so warm war es in unserem Kasten. Futter gab es reichlich, und Katzen brauchten wir nicht zu fürchten, bis auf den allabendlichen Auftritt in der Manege.

Wilhelm sagte: »Zobe läb i mit dr Angscht im Nagge. Irgendemol wird d'Leni sich nit vollfrässe ha oder si wird emol e schlächti Luune ha, denn macht's Haps und wägg bin i.«

Und auch ich bekam, je öfter ich mein Kunststück am Seil vorführte, desto mehr Angst, Angst, dass ich einmal danebengreifen könnte. Es war eine mörderische Höhe.

Manchmal saßen Wilhelm und ich im Glaskasten und sahen hinaus. Dann fragte uns Tissy: »Was guckt ihr denn so traurig?«

»Lueg emol uuse«, sagte Wilhelm, »die wunderschöne Bäum, die dichte Büsch, s Gras und die wunderbari schwarzi Ärde.«

Und ich sagte: »Weißt du, Tissy, das Schönste sind die vielen Löcher und Gänge in einem Haus. Diese Gerüche, die durch ein Haus ziehen, wenn in einer Küche Bratkartoffeln gemacht werden oder in einer Kammer Käse liegt.«

Tissy sagte: »Ihr habt wieder Heimweh«, und sie versuchte, mit uns zu lachen.

Die weißen Mäuse konnten unseren Kummer gar nicht verstehen, denn sie kannten ja nichts anderes als diesen gläsernen Kasten.

Eines Tages hörten wir, der Zirkus solle von England mit einem Schiff nach Island gebracht werden. Island ist eine große Insel, die gar nicht so weit vom Nordpol liegt und wo es große Gletscher gibt. Wir alle bekamen einen eisigen Schreck. Nur Petz, der Bär, freute sich.

»Wunderbar«, sagte er, »Island, wie das klingt, Eisland. Schnee und Eis. Herrlich. Vielleicht gibt's dort auch große Wälder.«

Wenn er abends auftrat und in der Manege Roller fuhr, murmelte er jetzt immer: »Island, Island.«

»Was solle mir au mache?«, fragte Wilhelm. »Dr Zirkus kunnt nit nach Dütschland zrugg, sondern er goot immer witer äwäg. Wemmer emol uff däre Iisinsle sin, denn gsehni unsri Schwyz beschtimmt nie meh.«

»Wir müssen aus diesem Glaskasten fliehen«, sagte ich, »bevor wir auf das Schiff verladen werden.«

Aber wie?

Alle weißen Mäuse grübelten mit uns, wie Wilhelm und ich aus dem Kasten herauskommen könnten. Auch Tissy dachte nach, obwohl sie sehr traurig war, dass wir fortwollten. Sie weinte oft. Und auch wir waren traurig. Es war schon sehr komisch: Wir wollten beides, bleiben und doch fort.

»Do kömme mer nie uuse. Die Glaswänd sin so

glatt und viil z hoch. Mir bliibe s ganz Läbe lang do dinne hogge«, sagte Wilhelm traurig.

Doch dann fiel mir etwas ein.

Der Zauberer Clandestin hatte die Angewohnheit, vor seinem Auftritt seinen Mantel über unseren Glaskasten zu legen. In dem Mantel war eine Geheimtasche. In diese Geheimtasche steckte er kurz vor seinem Auftritt das kleine weiße Kaninchen und die arrogante weiße Maus Jack. Dann ging er in die Manege. Wenn er das Kaninchen aus dem Zylinder zog und Jack aus einer Damenhandtasche holte, griff er jedes Mal blitzschnell in den Mantel und holte einen seiner Mitarbeiter heraus. Er machte das so geschickt und schnell, dass alle dachten, das Kaninchen sei wirklich im Zylinder und Jack in der Damenhandtasche gewesen.

»Weißt du was«, sagte ich zu Wilhelm, »wir kriechen gleich nach unserem Auftritt in den Mantel vom Zauberer Clandestin, und nach dem Ende der Vorstellung, wenn der Mantel in der Garderobe hängt, schleichen wir uns weg. Dann suchen wir uns am Hafen ein Schiff, das uns zurückbringt.«

18

An einem Freitag im April gab der Zirkus seine letzte Vorstellung in Hull. Am nächsten Morgen sollten alle Käfige auf ein Schiff verladen und nach Island transportiert werden.

»Hoffentlich legt Herr Clandestin auch heute Abend seinen Mantel über unseren Kasten«, sagte ich.

Wir nahmen von den weißen Mäusen Abschied, umarmten sie, und alle weinten.

Dann kam Wilhelms Auftritt. Drei Mal sauste er mit den zwanzig Mäusen und der Siamkatze um den Manege-Rand. Danach kletterte ich mit Tissy über das Seil, und Herr Salambo setzte uns wieder in den Glaskasten zurück.

Der Zauberer Clandestin kam und legte tatsächlich seinen schweren Mantel über unseren Glaskasten, steckte das kleine weiße Kaninchen und Jack hinein. Schnell krochen Wilhelm und ich hinterher, schon wurde der Mantel hochgenommen und Clandestin zog ihn sich an und eilte hinaus, in die Manege.

Kaum aber waren wir in die Geheimtasche gekrochen, da stürzte sich Jack auf uns und schrie: »Was macht ihr grauen Strolche hier? Raus! Raus! Raus!« Und er begann, mit mir zu ringen.

Das kleine weiße Kaninchen saß ganz verängstigt in der äußeren Ecke der Geheimtasche. Während ich mit Jack kämpfte, erschien plötzlich eine Hand, und zack! war das Kaninchen verschwunden.

Dann hörten wir den Zauberer Clandestin rufen: »Meine Dame, mögen Sie Mäuse?«

Eine Frauenstimme schrie: »No, No!«

»Mein Auftritt«, ächzte Jack, den ich gerade im Schwitzkasten hatte.

Und da passierte es.

Die schnelle Hand fuhr in die Tasche und Wilhelm verschwand.

Die Stimme vom Zauberer Clandestin: »Aber warum haben Sie dann eine weiße Maus in der Tasche?«

Da brach ein enormes Gelächter los. Die Zuschauer lachten und lachten. Denn der berühmte Zauberer Clandestin hielt statt einer weißen Maus eine graue Feldmaus am Schwanz.

Die Hand kam wieder und schob Wilhelm in die Tasche.

»Entsetzlig«, sagte Wilhelm und ihm sträubten sich buchstäblich die Haare. »Jetz isch alles futsch.«

Die Leute lachten noch immer. Der Zauberer Clandestin war hinter den Vorhang gegangen, zog den Mantel aus, griff in die Geheimtasche und zog Wilhelm und mich heraus.

»Ihr kleinen Drecksviecher, ich lasse mich von euch doch nicht lächerlich machen!«

Und dann warf er uns der Siamkatze Lena vor.

»Da«, sagte er zu Lena, »putz sie weg!«

Aber Lena rülpste nur, so viel hatte sie wieder gefressen, und sagte schläfrig: »Hoppla.«

Wilhelm und ich rannten weg. Vorbei an Herrn Salambo, der verzweifelt »Halt!« rief.

Wir rannten an dem Käfig von Meister Petz vorbei. Der brummte: »Island, wie das klingt! Schön. Fast wie Kanada.«

Wir liefen hinaus in die Nacht und hörten aus der Ferne, wie Herr Salambo mit dem Zauberer Clandestin stritt. Das Letzte, was wir von dem Zirkus sahen, war die bunte Schnur der Lampen über dem Zirkuszelt.

»Was jetzt?«, fragte Wilhelm und keuchte.

Tja, was tun?

Wir mussten zum Hafen. Wir mussten versuchen, ein Schiff zu bekommen, das uns von der englischen Insel zum Festland zurückbrachte. So schlichen wir durch die nächtlichen Straßen in die Richtung, aus der wir das Tuten der Schiffe hörten.

19

Unten am Hafen roch es nach Fisch. Wir gingen besonders vorsichtig weiter, denn wo es nach Fisch riecht, da sind auch viele Katzen. Wir gingen an dem Kai entlang, wo die Schiffe lagen.

»Stell dr vor«, sagte Wilhelm, »wenn mer uff e Schiff kömme, wo nach Amerika fahrt oder nach Afrika.«

»Fürchterlich, der Gedanke«, sagte ich, »obwohl ich immer gern mal eine Wüstenspringmaus kennenlernen wollte.«

»Besser nit«, sagte Wilhelm.

Drei Tage und drei Nächte saßen wir in einem Mauerloch und beobachteten Schiffe, die anlegten und ablegten. Die Schiffe wurden entladen und wieder beladen. Aber wir konnten uns nicht entschließen auf eines der Schiffe zu gehen. Woher sollten wir wissen, wohin sie fahren würden.

Nachts saßen wir aneinander gekauert in dem Loch. Wie warm war es doch in dem Glaskasten im Zirkus gewesen. Jetzt knurrte uns der Magen, denn wir trauten uns nicht hinaus. Draußen sahen wir immer wieder riesige Katzen vorbeilaufen, räudige, verwilderte Tiere, die kolossale Fische wegschleppten.

Eines Abends hörten wir zwei Männer kommen, die ganz dicht an unserem Versteck vorbeigingen. Der eine sagte: »Watn Schiet hier.«

Und der andere sagte: »Jo. Watn Glück, in twee Doog kümmt wi no Hamburg.«

Das waren zwei Matrosen, die zu ihrem Schiff gingen. Da ich ja lange zwischen Hamburg und Köln hin- und hergefahren war, konnte ich Wilhelm auch das Plattdeutsch übersetzen.

»Die sind in zwei Tagen in Hamburg und darüber freuen sie sich.«

Wir merkten uns das Schiff, auf das sie gegangen waren, und schlichen uns dann hinauf.

Durch eine Luke krochen wir in den Laderaum.

Wie groß war unsere Überraschung. Der Laderaum im Schiff war bis oben mit Weizen voll. Was für ein Fressen!

Wir hatten es uns gerade gemütlich gemacht und knabberten an einigen Körnern, da stand plötzlich eine große Ratte vor uns.

»Wat mokt ji denn hier«, raunzte die Ratte.

»Wir wollen nach Hamburg und von dort nach München«, sagte ich.

»Verschwindet und en beten snell, dat Schip is för üns«, sagte die Ratte, »dat is nix för Landratten.«

»Landratte«, sagte Wilhelm, »vowäge, mir sin Müs!«

Und schnell tauchten wir in den Weizenberg und gruben uns tief hinein. Dort blieben wir mucksmäuschenstill sitzen. Eine Zeit lang hörten wir die Schiffsratte im Weizen herumgraben und schimpfen: »De Ös, verdammichnochmol, son Schiet.«

Dann verschwand sie und alles war still. Wir blieben einfach im Weizen sitzen. Es war warm und weich, und wir waren von Fressbarem umgeben. Es war wie im Paradies.

20

Das Schiff begann plötzlich zu vibrieren und zu stampfen. Das war die Schiffsmaschine. Bald hörten wir draußen die Wellen gegen die Schiffswände klatschen. Das Schiff schaukelte sanft. So fuhren wir zwei Tage und eine Nacht. Dann standen die Maschinen still und das Schiff lag ruhig.

»Wie solle mer do uuse?«, fragte Wilhelm.

»Abwarten und Tee trinken«, sagte ich.

Nach einiger Zeit hörten wir ein Gurgeln wie von einem Walfisch.

»Diräggt unheimlich«, sagte Wilhelm.

Vorsichtig arbeiteten wir uns aus dem Weizen und guckten hinaus. Durch die offene Ladeluke ragte ein dickes Rohr, in das der Weizen mit einem schlürfenden Geräusch verschwand wie in einen riesigen Strohhalm. Schon wurden wir von dem Luftstrom gepackt und mit den Weizenkörnern in das Rohr gerissen, sausten darin hoch und wurden von dem Getreideheber auf der anderen Seite in eine Schute gespuckt.

Mir war ganz schwindelig, so war ich durcheinandergewirbelt worden. Als die Schute voll war, wurde sie von einer Barkasse durch den Hafen in einen Kanal geschleppt.

»Das ist ja Hamburg!«, jubelte ich. »Siehst du, dort drüben, der Turm mit der runden grünen Kappe, das ist der Michel, und dort, das Dach, das ist der Hauptbahnhof.«

Die Schute wurde am Kai festgemacht. Nachts schlichen wir uns an Land und liefen über zwei breite Straßen zum Bahnhof.

Wie schön, wieder auf einem Bahnhof zu

sein. Wir versteckten uns unter der Bahnsteigkante.

Morgens wurde ein Zug nach München angesagt. Auf Gleis vierzehn sollte er einlaufen.

Es war ein alter und sehr dreckiger Zug. Er erinnerte mich an meinen alten D-Zug, mit dem ich über ein Jahr zwischen Köln und Hamburg hin- und hergefahren war. Vorsichtig kletterten wir in einen Waggon.

»Hoffentlich hält der Zug auch wirklich in München«, sagte ich. »Stell dir vor, wir fahren nach Istanbul, das liegt doch irgendwo in der Türkei.«

Beinahe wären wir wieder ausgestiegen, aber dann fiel mir ein, dass der Münchner Bahnhof ein Sackbahnhof ist. Also musste der Zug in München halten.

Wir schlichen uns durch den Zug. Alle Abteile waren voll. Schließlich fanden wir eins, in dem eine griechische Familie saß, Vater und Mutter mit vier Kindern. Der Vater und die Mutter hatten drei Jahre in Hamburg gearbeitet, er bei der Müllabfuhr, sie als Putzfrau. Jetzt kehrten sie nach Griechenland zurück. Sie hatten das ganze Abteil

mit Kästen und Kartons vollgestellt, und in einem Korb, oben auf dem Gepäcknetz, gackerten sogar zwei Hühner.

Als sich Wilhelm beim Krümelsammeln einmal versehentlich zeigte und entdeckt wurde, lachten alle, und die Kinder fütterten uns mit Brotkrümeln. Die Griechen sangen und wir pfiffen dazu. Es war eine ganz fidele Reise.

Als wir uns München näherten, konnte ich mich kaum noch halten vor Freude. Schließlich kletterte ich auf einen Sitz und sah durch das Fenster hinaus.

Es war fast drei Jahre her, dass ich von hier unfreiwillig weggefahren war. Zum Glück hatte sich nichts verändert. Die Türme der Frauenkirche mit ihren beiden Dächern, die wie halbierte Schweizer Käse aussahen, standen noch. Der Himmel war blau und das Laub herbstlich bunt.

21

Wie groß aber war die Enttäuschung, als wir die Paradiesstraße erreichten.

In dem Luftschacht an dem Haus fanden wir nicht meine Familie, sondern fremde Mäuse. Sie erzählten, dass meine Familie vor einem halben Jahr aufs Land gezogen sei. Wohin, das wusste niemand genau. Sie seien heimlich auf den Wagen eines Bauern geklettert, der jeden Donnerstag durch die Straße käme und Kartoffeln verkaufe. Der Großvater habe von dem Zug im Luftschacht Rheuma bekommen und Lilofee habe beständig gehustet.

Der Vater soll gesagt haben: »Lieber ins Unbekannte, als in diesen kalten Neubauten leben, wo man nichts zu beißen und zu kauen hat.«

Die fremden Mäuse luden uns ein zu bleiben. Sie teilten mit uns das wenige Essen, das sie hatten.

Im Luftschacht war es trotz der warmen Herbsttage empfindlich kalt. Es zog gewaltig, und das mit Blech ausgeschlagene Rohr war glatt und ungemütlich.

Die Abfälle aus dem Haus wurden nach wie vor in den Müllschlucker geworfen und verschwanden auf Nimmerwiedersehen in dem Container im Keller. Die Mäuse erzählten uns, wie mühsam man sich das Essen in der Umgebung zusammensuchen musste. Ich fragte, warum sie nicht mehr zum Bahnhof hinübergingen.

Sie sagten, der Weg sei inzwischen zu gefährlich geworden. In der Zwischenzeit war eine Schnellstraße gebaut worden, deren Überquerung lebensgefährlich war.

Ich zeigte Wilhelm die Stelle, wo früher der alte Schuppen gestanden hatte. Der Rasen auf dem Hof war abgetreten und braun. Bleiben wollten wir auf keinen Fall. Denn das Eisenbahnfahren ist dann doch wesentlich bequemer und abwechslungsreicher. Andererseits wollte ich doch gar zu gern die Eltern und die Geschwister wiedersehen, und natürlich auch den Großvater und Isolde.

Wilhelm und ich beschlossen zu warten, bis der Bauer kam, um dann auf seinen Wagen zu steigen. Vielleicht würden wir eine Spur von meiner Familie finden.

Endlich kam der Donnerstag, und wir hörten morgens die Rufe: »Karrrtofffelnnn, zwei Pfund achtzig Cennnt.«

Der Bauer kam mit seinem Wagen.

Der Wagen hielt vor dem Haus auf der Straße, und Frauen und Männer stellten sich mit Taschen und Einkaufsnetzen in eine Schlange. Der Bauer wog auf dem Wagen die Kartoffeln ab. Es war gar nicht so einfach, ungesehen an den Wagen heranzukommen, da die meisten Leute stumm dastanden und vor sich hin sahen. Ich dachte an Pierre: nicht laufen, sondern schreiten.

So gingen wir, Wilhelm und ich, ruhig, wenn auch mit klopfenden Herzen über den Bürgersteig, vorbei an den wartenden Leuten, hin zu dem Wagen und kletterten an den Reifen hoch und unter die Plane hinein.

Der Wagen war mit Kartoffelsäcken vollgeladen. Überall auf dem Boden lagen Kartoffeln herum. Wir versteckten uns ganz hinten, am Fahrerhäuschen, hinter einem Sack.

Immer wieder hielt der Wagen und immer wieder hörten wir den Bauern rufen: »Karrrtofffelnnn! Zwei Pfund achtzig Cennnt.«

Wir hörten, wie er auf dem Wagen die Säcke wegzog, und dann das Herausprasseln der Kartoffeln, das Schurren seiner Schaufel, mit der er die Kartoffeln auf die Waagschale warf. »Vier Euro«, hörten wir den Bauern sagen.

Wir bemerkten mit Entsetzen, welche Unmengen Kartoffeln die Leute kauften und wegschleppten. Je länger das dauerte, je öfter er anhielt, je mehr er verkaufte, desto näher kam der Bauer dem Sack, hinter dem wir uns versteckt hatten. Schließlich war nur noch dieser eine Sack von all den Kartoffelsäcken übrig geblieben. Und wieder hielt der Bauer, stieg auf den Wagen, packte unseren Sack und schüttelte ihn aus. Es gelang uns gerade noch, hinter zwei gewaltige Kartoffeln zu springen. So konnte er uns nicht entdecken.

Aber dann begann der Bauer, auch noch die am

Boden herumliegenden Kartoffeln einzusammeln und zu verkaufen. Dann fuhr er wieder weiter und ich dachte, wenn er jetzt anhält und die letzten Kartoffeln verkauft, dann wird er auch nach unseren beiden Kartoffeln greifen.

Er hielt aber nicht mehr, sondern fuhr zur Stadt hinaus. Er fuhr wie ein Wilder, bremste, fuhr ruckartig wieder an. Wir mussten vor den herumkullernden Kartoffeln hin und her springen, damit sie uns nicht erschlugen.

Wie herrlich ruhig und bequem fährt man doch mit der Eisenbahn. Von dem Gekurve und Geschüttel und dem Benzingestank wurde mir erst schwindlig und dann schlecht. Es hätte nicht viel gefehlt und ich hätte mich übergeben müssen. Doch dann hielt der Wagen. Wir waren auf einem Bauernhof angekommen.

Als wir vom Wagen kletterten, dämmerte es schon.

22

Was jetzt?«, fragte Wilhelm.

»Wir müssen fragen«, sagte ich.

»Aber bass uf, do isch e Chatz«, sagte Wilhelm.

Dann entdeckten wir eine Fledermaus, die gerade vorüberhuschte. Ich sprach sie an und fragte, ob sie von einer Mausefamilie wüsste, die vor einem halben Jahr aus der Stadt gekommen sei. Die Fledermaus drehte eine Kurve und wackelte mit den Flügeln, was wohl Nein heißen sollte.

»Bass uf!«, rief Wilhelm, »d'Chatz!«

Die Katze hatte sich leise herangeschlichen und war nur noch einen Sprung von uns entfernt. Wir stürzten in das nächstbeste Erdloch. Das Loch war aber so klein, dass die Katze uns leicht mit der Pfote hätte herausziehen können. Wir drückten uns an die Erde und machten uns ganz platt.

Diese Katze hatte aber offenbar nicht die Raffinesse der Pariser Katzen, denn sie setzte sich lediglich vor das Loch und wartete.

»Lass sie warten«, flüsterte ich.

So verging die Zeit. Jedes Mal, wenn ich vorsichtig aus dem Loch lugte, sah ich die Katze davorsitzen.

»Die isch nit wägg«, sagte Wilhelm, »gäll.«

Es dauerte und dauerte.

Schon dachten wir, wir müssten in dem Loch verhungern, falls es mehrere Katzen auf dem Bauernhof gäbe, was Wilhelm behauptete, und die sich auf der Lauer abwechselten.

Da plötzlich hörten wir ein wildes Gebell und Katzenfauchen.

Ich steckte vorsichtig den Kopf aus dem Loch und sah einen Hund die Katze verbellen. Die Katze hatte sich auf den Ast eines Baumes gerettet. Der Hund stand darunter und bellte hinauf. Es war ein Pudel. Kannte ich den nicht? Ja doch, das war Isegrimm.

»Isegrimm!«, rief ich und lief zu ihm. »Isegrimm!«

Er hörte mich erst nach einiger Zeit, so laut und verbissen bellte er die Katze aus. Die saß auf dem Baum und fauchte herunter.

»Hallo«, sagte er schließlich, »wer bist du denn?«

»Ich bin der Mausebiber, erinnerst du dich?«

»Ach«, sagte er, »du bist also der verlorene Sohn. Da werden deine Eltern sich aber freuen.«

»Weißt du denn, wo sie sind?«

»Ja«, sagte Isegrimm, »natürlich. Die wohnen jetzt bei uns.«

»Bei uns?«

»Ja, der Maler Kringel und ich wohnen in einem kleinen Haus hier im Dorf. Kringel hat es sich damals, als unser Haus in der Paradiesstraße abgerissen wurde, gekauft. Dort hinten liegt es. Und

Katzen gibt es in dem Haus keine – meinetwegen – du verstehst«, sagte Isegrimm stolz.

»Das ist Wilhelm, mein Freund, eine Schweizer Maus.«

»Angenehm«, sagte Isegrimm. »Und jetzt kommt mal mit.«

23

Wir gingen hinter Isegrimm durch die Dorfstraße. Wir sahen mehrere Katzen, aber sie hielten sich alle fern oder sprangen schnell auf Mauern. Endlich kamen wir zu einem kleinen alten Haus, das in einem Garten lag. In dem Garten standen zwei Holunderbüsche. Isegrimm zeigte uns den Eingang zum Keller: »Dort wohnen sie«, sagte er.

Wir stiegen hinunter und fanden die ganze Familie beim Abendessen. Der Großvater, die Mutter, der Vater, meine Brüder, die Schwester und Isolde – alle waren da.

War das eine Freude!

Alle quietschten vor Freude, und wir umarmten uns, und sie bestürmten mich mit Fragen: »Wo warst du denn die ganze Zeit? Warum bist du damals mit dem Zug weggefahren? Was spricht der Wilhelm für eine ulkige Sprache? Woher kommt ihr jetzt?«

Aber da sagte die Mutter: »Jetzt lasst sie erst mal in Ruhe essen. Zum Erzählen haben wir ja noch so viel Zeit.«

EIN VOGEL FÜR ALLE FÄLLE

Ein Vogel, der brüllt wie ein Tiger und flucht wie ein Matrose? Das kann nur der Beo Padde sein, den es von Indien nach Hamburg verschlagen hat.

ALLE LIEFERBAREN TITEL,
INFORMATIONEN UND SPECIALS
FINDEST DU ONLINE

www.dtv.de

DAS LIEBLINGSBUCH DER ERSTLESER

Einsam und verlassen liegt ein kleiner Fuchs im Gebüsch. Er fürchtet sich. Da entdeckt ihn eine fremde Füchsin. Was soll sie nur tun?

ALLE LIEFERBAREN TITEL,
INFORMATIONEN UND SPECIALS
FINDEST DU ONLINE

Auch als eBook   www.dtv.de

KNUFFIG, WUFFIG

Die erste Schule
für kleine Hunde

ALLE LIEFERBAREN TITEL, INFORMATIONEN UND SPECIALS
FINDEST DU ONLINE

www.dtv.de

Geschichten mit viel Humor und Herzenswärme

Zu seinem 10. Geburtstag wünscht sich Henry einen Hund. Aber seine reichen und vielbeschäftigten Eltern wollen davon nichts wissen.

In einem verborgenen Tal des Himalaya lebt eine Yeti-Familie glücklich und zufrieden, bis das Tal von Touristen entdeckt wird.

ALLE LIEFERBAREN TITEL, INFORMATIONEN UND SPECIALS FINDEST DU ONLINE

Auch als eBook   www.dtv.de   **dtv junior**